Animal Manners

WRITTEN AND ILLUSTRATED BY
Suzanne Hetzel

ISBN: 978-1-0880-3637-2
Published by Suzanne Hetzel

What do you say to an **elephant** on an **airplane?**

Please tuck your tusks so others can get by.

What do you say to a
kangaroo on the **playground?**

It's friendly to share
your toys with others.

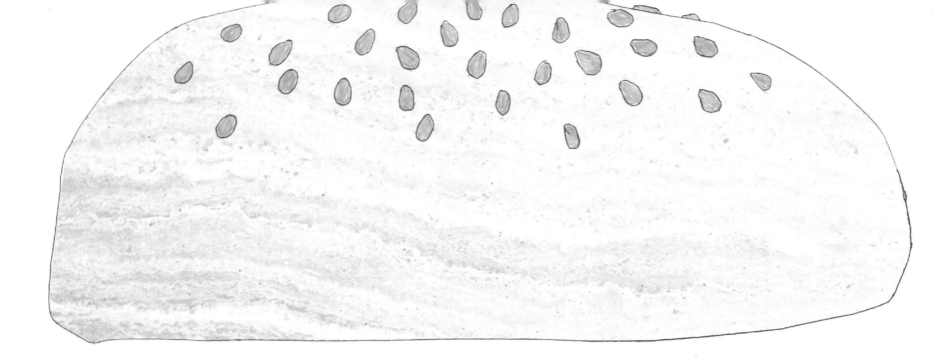

What do you say to a **hippopotamus** at a **restaurant?**

Thank you for using your napkin,
and don't forget to chew with your mouth closed.

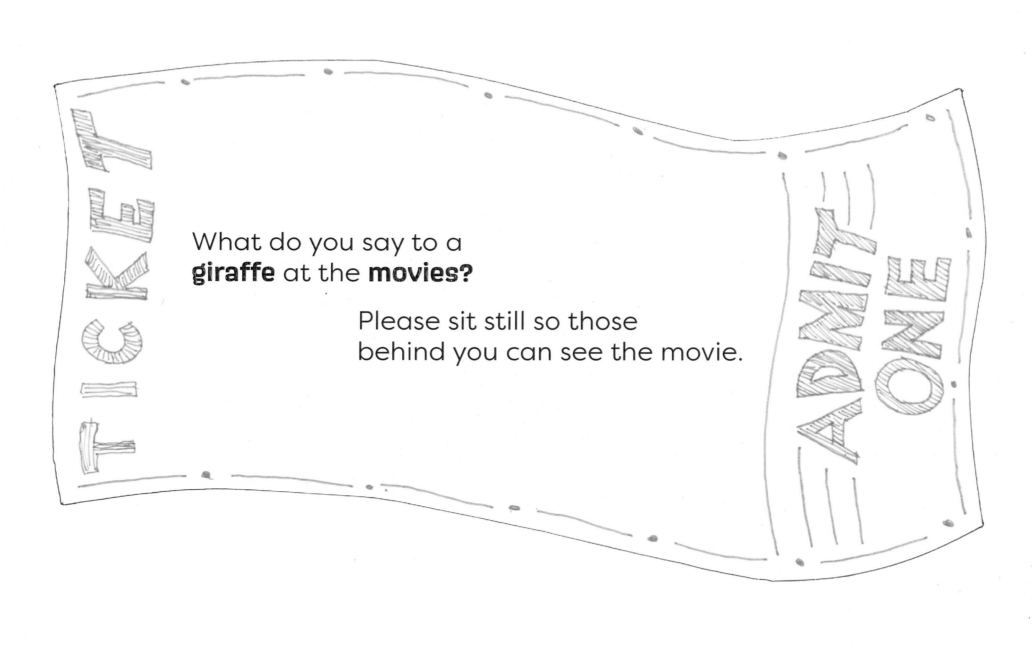

TICKET

What do you say to a **giraffe** at the **movies?**

Please sit still so those behind you can see the movie.

ADMIT ONE

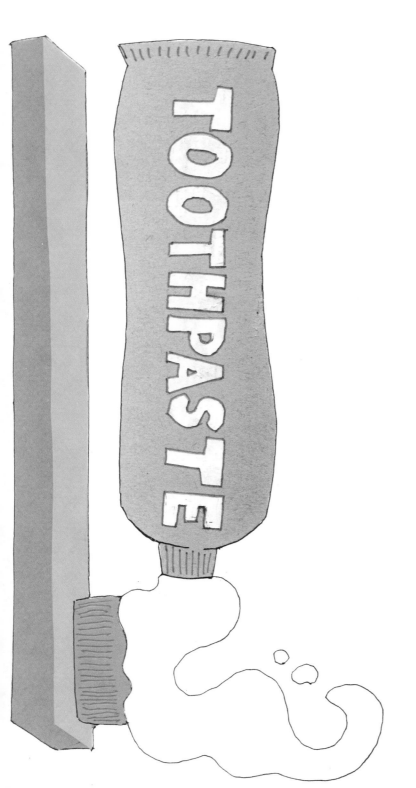

What do
you say
to a
crocodile
at **bedtime?**

Remember
to brush
your teeth
before you
go to sleep.

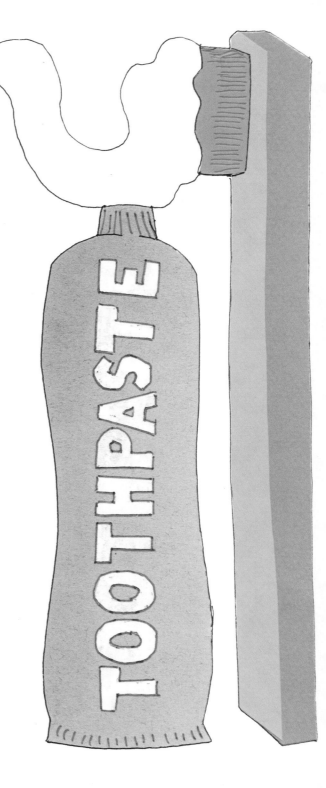

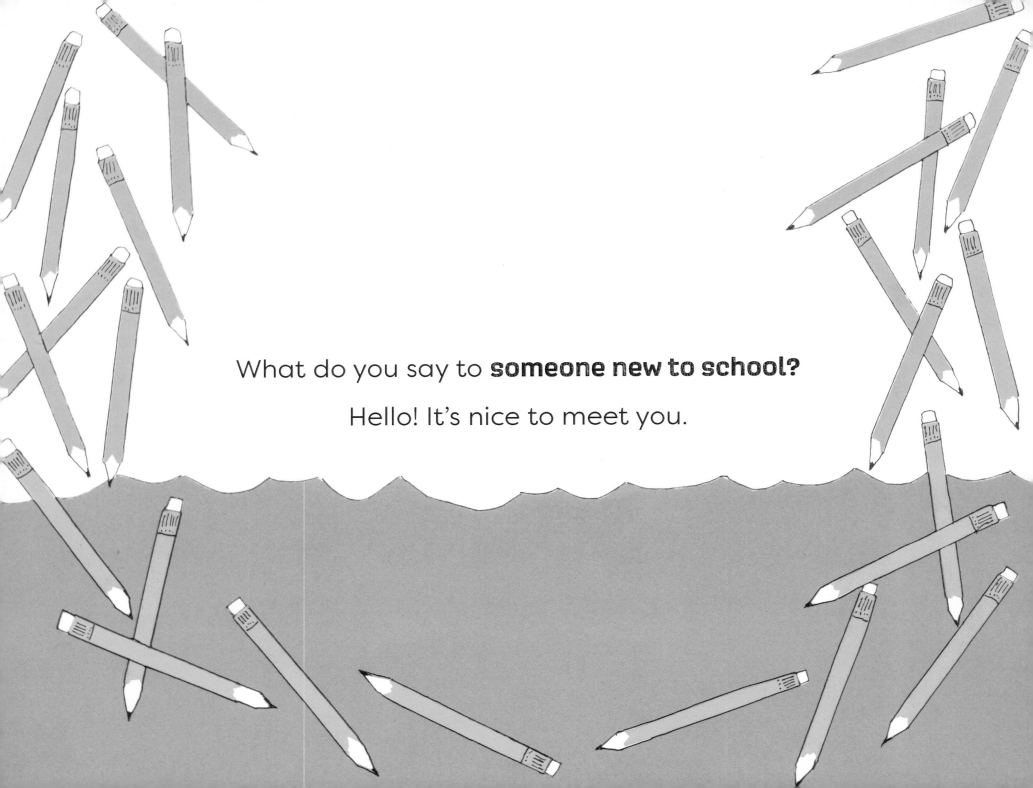

What do you say to **someone new to school?**

Hello! It's nice to meet you.

What do you say to a **rabbit** on the **bus?**

Hop on! We have a seat for you.

What do you say to a **lion** in the **library?**

Thank you for using your quiet voice.

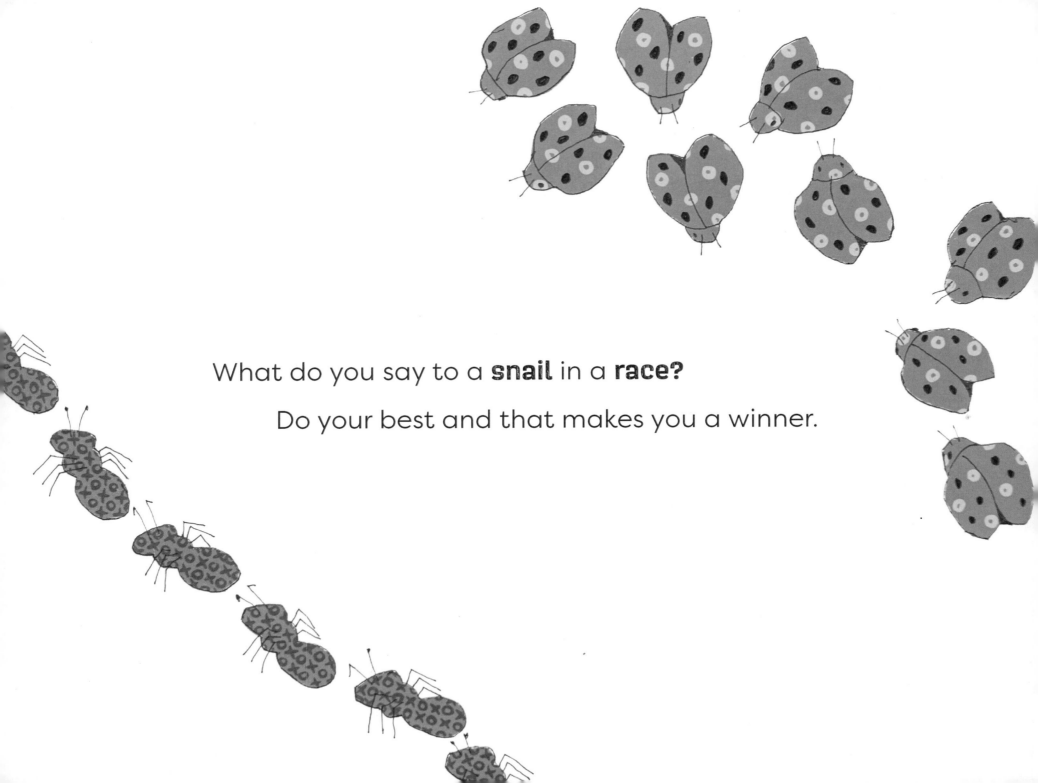

What do you say to a **snail** in a **race?**

Do your best and that makes you a winner.

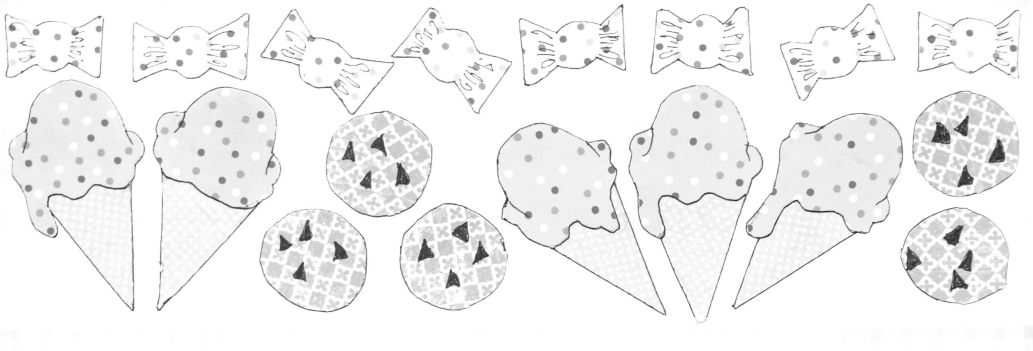

What do you say to an **octopus** at a **party?**

It's nice to share so be sure
to leave some treats for others.

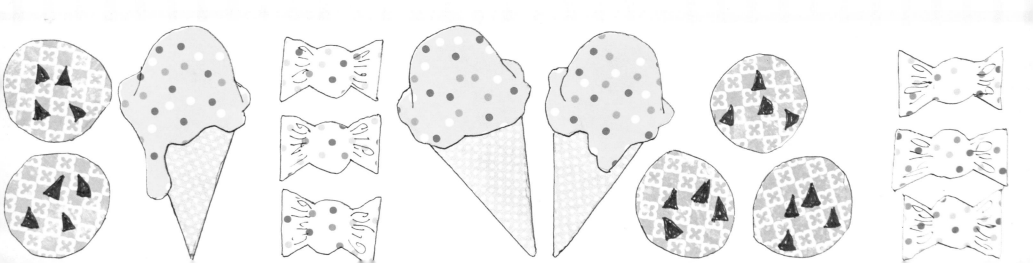

What do you say to a **polar bear** at the **beach?**

Be sure to wear your sunscreen and don't stay out too long.

What do you say to
an **ostrich** on a **bike?**

Helmet, please!

What do you say to a
peacock jumping rope?

It's nice when everyone gets a turn.

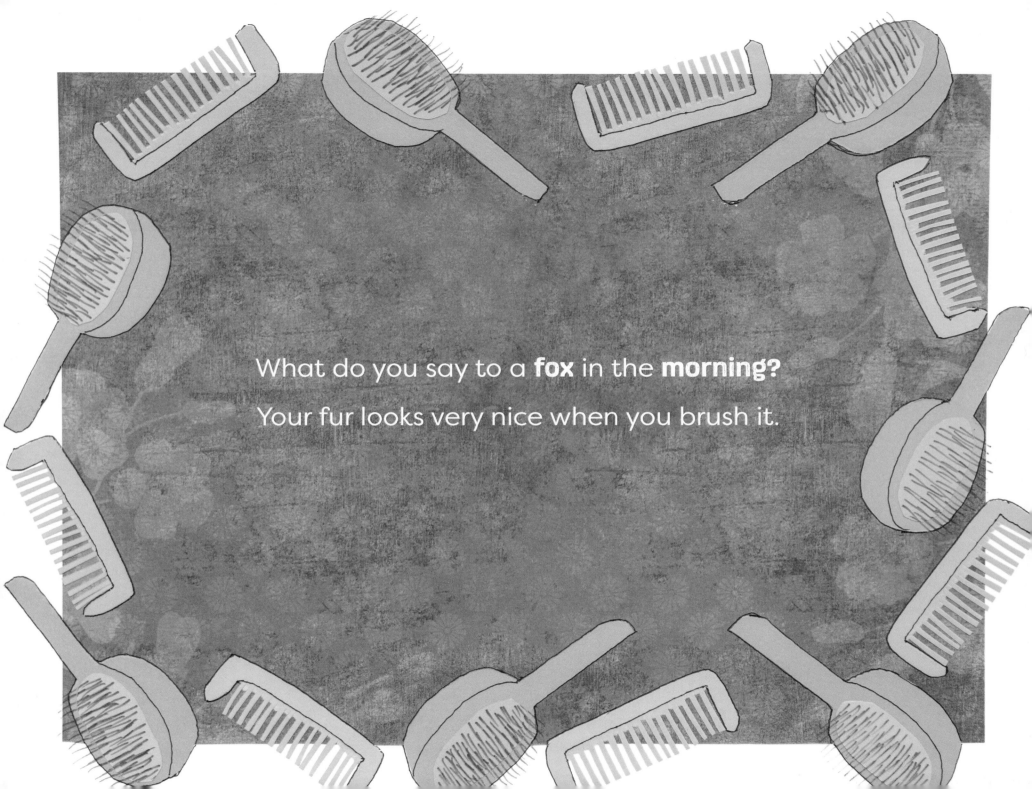

What do you say to a **fox** in the **morning?**

Your fur looks very nice when you brush it.

What do you say
to a **pig** in a **car?**

Don't hog the seat, and
be sure to wear your seatbelt.

What do you say to
a **friend** on a **ferris wheel?**

Hold on tight and enjoy the ride.

What do you say
to a **dragon?**

It's better not to talk to a dragon.